歌集

# 月曜バッグ

斎藤千代

六花書林

月曜バッグ　＊　目次

I

## Ⅲ

装画　著　者
装幀　真田幸治

# 月曜バッグ

# I

## 君という本

君という本を読むため会う前の白い扉を小さく開ける

南の島の砂のにおいがするチャイを二人で飲んだ旅の食堂

いちじくの実が熟すまで待てなくて君への手紙また書きなおす

ストライプじっくり見れば竹の絵が描かれたTシャツ着ている背中

少年は胸まで濡らし水を飲む夏の蛇口を上向きにして

筆圧の強い子どもら４Ｂで小指の横を黒く光らせ

富士山がプリンになったと笑う子の絵をのぞき込む図工の時間

フィキサチーフかけた後また描きつづけどんどん厚くなるパステル画

## 春の音符

ヒヤシンスのひとつひとつのつぼみから春の音符が飛び出していく

ひとりずつ違うパスワード決められて覚えられずにパソコンに貼る

閉めてもう一年近く経つ店のガラスに映るくもったわたし

次々と実るいちごのあった庭　摘むのは私の朝のお仕事

クロッカスに水をやるのは一年生ペットボトルで作った如雨露

「空行き」のバス

空港の港の字が消え「空行き」のバス停がある東口前

新一年保護者会にはいつも来る荻窪警察少年係

行き止まりから始まる今日の空模様　傘さし探す新しい道

やわらかく笑うあなたのまわりでは春のつぼみが次々開く

## 失くした本

去る人は失くしてしまった本のよう　もう開けない思い出せない

ロゴスキー銀座本店七階で毎年恒例の昼食会あり

新任の校長紺のジャージ着てバレーボールの練習に来る

口癖になってしまった「死にたい」が点滅させる緊急ボタン

桑の花白くこぼれる校庭に新任校長の挨拶ひびく

## ケース会議

ケース会議は教育サット、カウンセラー、管理職と私の十人

少年の家庭の事情わからないまま「死にたい」という言葉を囲む

終業式「なつやすみ」の「み」は身を守ろう　みんな元気で九月に会おう

誰もみな少し嬉しい表情で終業式の後の昼食

ラケットをしょって自転車こいでいくオジサンたちが元気な荻窪

夏休み中の昼休憩は四十五分カップ麺にお湯注ぐ人、パンかじる人

## 美しさの定義

美しさの定義とは何か語り合う美術教師の研修会で

久々に会う図工部の仲間たち「風神亭」は西荻駅近

ちゃかぽかと点滅始まる信号を見ながら渡る急ぎもせずに

「行く夏を惜しむ」という名目で校長主催の飲み会があり

初物の梨のカクテルみずみずしい梨が添えられ新宿イーグル

# ジグザグ

直列でつながっているわたしたちドラマチックなことはなくても
ジグザグというオノマトペの服を着て銀座の歩行者天国を行く

好きか嫌いか決められなくてもとりあえず「お疲れです」とビールで乾杯

散らかった消しゴムのかす集めつつ今日の授業をまた振り返る

# 白いふわふわ

何か白いふわふわしたものがあなたの肩に乗るのが見える

台風で落ちたどんぐり水たまりの中からそっと青空を見る

鈍感になった心に突き刺さる棘を抜くときかすかな痛み

栄養ドリンクの空き瓶並べ仕事する成績提出前の学校

下校時間が遅れた理由はカメを洗っていたかららしい

今思えばあれが前兆だったのか急に無口になっていく人

土曜日の沼は冷たく降り積もる言葉を注意深く沈める

一年の終わりに毎年受診する気休めのための人間ドック

バリウムで口のまわりを白くしながらぐるぐる回る命令されて

どこへも行けない晴れた休日ボトルシップの船に乗り込む

子どもらが言う「カワイイ」とわたしが思う「可愛い」は多分別物

# 約束

結論のように降り出す雪の中「もう会えない」とメールが届く

雪だるまあらかた溶けて水色のバケツは沈む傾いたまま

結婚は長い約束　指切りは切ったあとから永遠になる

男の子は武器が大好き木を削り尖らせるときは誰も無口で

春旅は箱根一泊ロマンスカー発車してすぐビールで乾杯

## 優等生の絵はがき

梅が咲きウグイスが鳴く絵のような春はこの先どこにも来ない

優等生がくれる絵はがきに似た春が始まる深い憂鬱つれて

隅っこが好きな子どもが図工室の床に広げる四つ切画用紙

買い忘れたトマトをさがしに来たはずが菜の花の束手にして帰る

今川一丁目から西荻までをバスに揺られて今日も出張

「会おうぜ」と言われてすぐに会いに行く「会いたい」よりも素直になれる
スーパーの床に落ちてるメモ用紙「ダイコン、卵」の文字が滲んで

## 新学期

始業式の朝礼台前十七名の転入生を並ばせている

柿の新芽青くやわらかにのびる頃新学期という一年始まる

早朝の職員室で仕事するめぐみ先生はもういない人

七年の延命信じ黒たまご立ったまま食べる五人の女

## ＯＪＴ研修

裏返る少年の声公園にひびき夕暮れ深くなりゆく

年休を取って皮膚科に駆け付けるＯＪＴ研修などは無視して

地区班の下校は四十四名を数えるだけで汗だくになり

待ち合わせはのぼり棒前一年生の黄色い帽子何度も数え

「先生は何色が好き？」水色のぶどうを板に描いてくれる子

通知表の所見に使うコメントを出席番号一から書く日

部屋干しの匂い

ここまでは誰も来ないと油断して素の顔さらす非常階段

挟まれてどっちつかずのいい人になっていないか今日の私は

部屋干しの匂いの服を着ただけで遠ざけられる人間の距離

一年生の保護者が大勢校長室に押しかけてくる学校公開

刺々しい思いが満ちる職員室　次々と鳴る保護者からの電話

## 手動で鳴らす

雷でチャイムが壊れ三日間手動で鳴らす授業の終わり

君の背に残る翼の傷あとはいつか優しい花を咲かせる

赤ん坊を前抱きにしてコーヒーの立ち飲みをする若い母親

重すぎてジャガイモが買えぬ母のため週末のスーパーへ行く

専門が保健体育の校長が来てから男性教師割り増し

## 児童相談所

転んだと初めは嘘をついていた自分の居場所がまだあったころ

払った手が顔に当っただけと言う母は虐待を認めないまま

学校や親にも居場所は教えない児相で保護することの重さよ

輪郭がなくなるほどの悲しみに囲まれどこにも行けないでいる

## 真夜中の演説

うつ伏せに倒れてからの数時間　左半身まひで動けず

救急車の中で右手を高く挙げ何を伝えたいのか母は

知人の名繰り返し呼ぶ娘でも息子でもなく近所の他人

動かせる右手を強く動かして鼻のチューブを何度も外す

真夜中に演説始める母と聞き看護師たちに頭を下げる

「湯飲み茶わんに水持ってきて」行くたびに言うかすれた声で

金箔のオルガン簞笥　冬を押せば春が飛び出す音符とともに

踊り場でどうしようもなくたたずめば上にも下にも行けないこころ

## 守秘義務

休み時間と給食前にやってくる六年生の愚痴は全開

担任の悪口を平気で言える場所　図工室には守秘義務がある

図工室の鍵と携帯とハンカチをポケットに入れ授業に向かう

パソコンの回覧板を既読にし今日の仕事はこれでおしまい

体脂肪が多いですねと指摘してどうしなさいとは言わぬ看護師

母のいない年末年始のマンションに送られてくる林檎三箱

ベランダの睡蓮鉢に干からびた宇宙メダカのことは言わない

赤十字看護学校

赤十字看護学校から同窓会会報届く母逝きし後

約束は叶えられずにお腹いっぱい辛いスープを飲みたかったね

母はまだ輪廻の途中うつむいて歩く私のそばをたゆたう

返礼品が玄関先に山と積まれ引き取る日程電話で決める

公証人が母の遺言読み上げる粛々として兄と聞き入る

## サボテンの花

開館と同時に入る文学館「ヒグチユウコ展」摩訶不思議なり

切り株に粘土の鳥を乗せてみる囀り始める青いカワセミ

水色のところバスには飛行機が描かれている明るい黄色
「サボテンの花がはじめて咲きました」ただそれだけが残る黒板

うすあおい硝子

相続という手続きひとつ終わるたび母の輪郭また薄くなる

胡蝶蘭咲き誇るまま時は過ぎ我は二月に取り残される

誰もかれも落ち着き失くす新年度今年の桜はずっと散らない

席替えした職員室に慣れなくて今日も書類を配り間違う

新年度すべてが変わり居場所のない大人も子どももうすあおい硝子

母から私にパラサイトする兄がいて自立などとは遠い人生

遺品整理しながら何度も手が止まるあの日に着ていたブラウスの白

## 捩花

六月六日の花は捩花　天国への階段のぼる母を想う日

マンションを売って実家に戻るという友と最後の盃かわす

忌野清志郎の歌う「スローバラード」で目覚めるラジオ深夜便

赤いコーン二つ並べてここからは誰も入れない私の領域

「生活指導主任デビューですね」と言われたただ苦笑いする

深い夜のためいきみたいな始動音　満月の横に立つ観覧種

膝小僧に白いソックス六歳のわたしが笑う父のカメラに

社交辞令ですかと問うた若き日よ　リセット不可の失言ばかり

しばざくら花粉飛ばして公園のベンチは染まるきいろももいろ

# Ⅱ

光るニョロニョロ

悲しみより少し明るい色にぬる小さな湖に浮かぶ小舟を

淡水魚を掬っては水槽で飼っていたあの夏の日の君に会いたい

紅虎餃子房のレタスチャーハンが美味しかったねあなたと分けた

見えないものが見える子どもの目が欲しい薔薇園の中に光るニョロニョロ

雨の朝すいかの匂いのする駅で君にショートメールを送る

## 休眠口座

休眠口座二つ解約するために一日つぶす休暇を取って

襖から顔のぞかせて丸い目でモモは見つめるもういない母を

Ｆ４のパネルに雲肌麻紙を貼る平刷毛にたっぷり水ふくませて

寂しさに色があるなら透明な紫と思う母失いて

針金を同じ長さに百二十本切ったら今日の仕事はおしまい

ドトールのコーヒー四円値上げして実感する消費税10％

不器用な自分と思う今日もまた心の底から笑えなかった

## 夜の待合室

脱ぎ捨てた上着のように眠る人静かな夜の待合室で
開いてもまた開いてもドアがありどこまで行っても出られない箱

カレンダーめくるのも忘れ数日を過ごすひとつに囚われたまま

校庭をかんむりのように風車かぶって走る一年生は

洋服の森

今日一日生きてるだけでおめでとう　やっとこさっとこ明日へつなぐ

沈殿したものを起こさないようにひそひそ声で話す壁際

ミナペルホネン「洋服の森」を観る　雨の土曜日、現代美術館

天井から吊られた百の洋服のひとつひとつが森につながる

雨だから柔らかく見える光あり絹糸のように降り続く雨

美術館のサンドイッチコーナーで雨を見ながらひとりのランチ

紙についた皺のように永遠に消えない傷がまた痛みだす

気持ちにはグラデーションがあり寒色の悲しみは今薄らいでいる

「ただいま」

卵三個ぐつぐつ茹でるひび割れたひとつをむいて朝食にする

思い出はソファの隙間にはさまれて取れなくなった家族の写真

どちらにもつかないと決め立ち位置を変えないことに頑なになる

「ただいま」と図工室に来てひとしきり「行ってきます」と帰っていく子

## 鯖色のスーツ

鯖色のスーツ着こんだ青年が一心不乱に読む文庫本

観測史上最も早い開花宣言　すべてが異例な令和二年は

学校から子どもが消えた三月のカラオケボックスは予約殺到

職員室の空気がすぐに悪くなる二時間ごとにドア開け放つ

修了式も無し卒業式は異例の一家庭一人のみの出席

## 休校延期

休校が連休明けまで延期され入学式は校庭でやる

看板の前で写真を撮る親子誰もが白いマスクをつけて

一年生ひとりに大人二人まで出席できる条件があり

始業式　新しい先生の紹介は台に上がってお辞儀するのみ

街を行く人たち誰もうつむいて濁点のようなため息をつく

教職員も自宅勤務を命ぜられ持ち帰る教材必死に探す

## 無花果の香水

母が始めたミニ鯉のぼり公園にはためく五月だあれもいない

声帯がひっそりと退化していく今日は誰とも話さなかった

ミズヒキのページに母の栞あり十一月十一日我の誕生日の花

病院ラジオ　サンドウィッチマンに患者が話す癌は明るい

旋律のように我を取り巻く香水は無花果の淡い香りを放つ

リモートのテレビ対談数秒のずれが気になり集中できず
下るエスカレーターを上るみたいに急に止まると溢れてしまう

## 無数のチャイム

母がまだ生きていたなら笑うだろう　コロナコロナと騒ぐんじゃない

ステイホームで片付け進む家の中　昔の写真や手紙に見入る

紙ナプキンに描く似顔絵あふれだす君の心を止められぬまま

世界には無数のチャイムが鳴り響きそれにおびえる人々がいる

夕空に虹がかかって歓声がホームいっぱいに広がっていく

パワハラ

私は間違った籠に入った洗濯物　いつか洗われるのを待っているだけ

パワハラを受けて萎れる花一輪　手を尽くしても戻らない日々

ウィズコロナ対面避けて横並び　恋人同士のような距離感

夜の列車はほろ酔い人を眠らせて銀河をめぐる夢を見ている

## 同調圧力

もうひとつの選ばなかった方の人生を密かに恋うる夕暮れの杜

博物館は死の物語閉じ込めて未来を願う子どもを誘う

自分より不幸な人に寛容な世で子どもにもある同調圧力

デジタルの身長計に乗る子らにまっすぐ立てと肩を押さえる

匿名の電話が怖い　繊細で脆い教師がつぶされていく

感染を恐れるあまりできぬこと増えて学校の鬱は深まる

元素記号

手土産に抗菌マスク用意して久々に会う荻窪「天下井《あまがい》」

元素記号つぶやくような遠い響きで近づいてくる終わりの始まり

遠足で前向きに食べる弁当はキャラおにぎりとシャインマスカット

ＬサイズからXSが売れる無印良品の最後に残るＸＳが

日なたの貝殻みたいな乾いた肌を失ってからずっと淋しい

## 診察券

ぎりぎりの気持ち抱えて生きている子どもも大人もこの渦の中

バリバリとかみ砕くようなプロペラの音で見上げる冬の青空

ポケットから診察券が見つかった母の形見のコートをたたむ

孤独ってからだに悪い一日に煙草ひと箱吸うくらいには

保護者対応

文科省「コロナいじめ撲滅」手紙の裏に陽性者のお知らせ

陽性者が出て全家庭へ一斉に緊急メール送る木曜五校時

荻窪病院でクラスター発生　じわじわ押し寄せるコロナの抑鬱

「質問には管理職が答えます」保護者対応のマニュアル示す

七時間目は委員会あり　木曜は常にみんなが苦しい曜日

# 「二年四組緊急事態発生」不審者対応訓練のテスト

さらわれた空

私の中から空がさらわれて大好きな色をひとつ失う

後悔をさせてやりたい　手放した石はたちまち輝きを増す

月命日のお墓参りで会う兄はいつもマスクから鼻が出ている

更新される感染者数どこまで増える東京「過去最多」

## 壺の中から

校門の梅が咲いても気づかない下ばかり見て下校していく

春が来て花が咲いてもステイホームどこにも行けない季節が続く

見えないものが見える子どもの目が欲しい小瓶に入れた人魚の涙

一年生が描いた壺からキャンディーや虹、花、笑顔あふれる教室

血糖値が高めですねとパソコンを見ながら告げる二時間待って

明けきらぬ街のショーウインドウにマネキン二人春待つポーズ

M君はヤングケアラー　弟に食べさせてから登校してくる

終わらない話をいつも聞いてくれた母の湯飲み茶わんの茶渋

「うわーん」と漫画みたいに泣く女子に視線合わせてゆっくりしゃがむ

山崎ハコ

眠れずに山崎ハコを聴いている気分が上がるわけじゃないけど

約束をするたび小さな灯がともり未来を信じてみようと思う

午前四時少し明るいキッチンでレーズンパンとゆで卵食む

風呂上がり髪を乾かし炭酸に梅酒を入れてちびちびと呑む

## 星集め

バター色のクロスを敷いたレストラン行けなくなって三年が経つ

ヘチマの芽が伸びる牛乳パックたち窓際に並ぶ三年三組

星集めという紫陽花ありて真ん中から色づいていく淡い花びら

帝国ホテルラウンジに待つ華やかな人群れからは少し離れて

卒業生が種から育てたという小粒な枇杷を届けてくれる

恋

想うこと待つこと願うことを繰り返しながら恋は深まる

あの夜の言葉に傷ついたことなども薄まっていく十年たてば

君の特別になりたかった私だけ見てほしかった夏の蓼科

オリンピック開会式の東京にブルーインパルス青空を裂く

外出ができないことを言い訳に日がな一日テレビ観戦

家だけで過ごすこの頃退化する身体も心も予知能力も

## 背中にセミ

背中にセミをつけた人に告げられぬまま追い越す舗道

一日中放課後みたいな老人が図書館の席を独り占めする

メイちゃんのトウモコロシが遠くなるスケートボード真夏の大冒険

水泳のあとの教室　湿度計　髪からのぼる蒸気にむせる

公園で絶唱をする男　小枝をマイク代わりに振り回し

ゼリーに閉じ込められたサクランボ息苦しい八月真昼

楽観バイアスがかかってどこか他人事になる感染爆発

二つに分ける

宣言が延長されて六年の移動教室は無期限延期

誰もその話題にはふれず　うなだれる六年生と並んで歩く

「子どもの感染が増えています。」だからどうしたらいいか教えて

校庭を二つに分けて鬼ごっこゾーンとボール投げのゾーン

花よりも香りが先に届くから金木犀は秋の入り口

ねばねばのメカブ、納豆、大和芋からだに良いと信じて食べる

# 朝食

朝食はレーズンパンとゆで卵、無糖ヨーグルトにアイスコーヒー

鰺の開き三枚四百五十円今日から三日おかずはアジだ

ささくれた気分の夜は糖質を自分に許す濃厚プリン

四時間目は腹をすかせた少年が献立表を読み上げている

アクリル板越しに消しゴムが行ったり来たりする図工の時間

# 二か月ぶりに集まる四人行きつけの荻窪「源氏」で祝杯あげる

## 七十周年

ハートランドの緑の小瓶が好きだった吉祥寺駅前オイスターバー

七十周年の「風船飛ばし」児童の数だけカラフルな空

七百人の子どもが握る風船は三、二、一でゆっくりと浮く

過呼吸になるほど上司に責められて壊されていく人を見ている

八つ当りされたら仕返しにすぐ十当りする丸くは収めぬ

## 空に押したスタンプ

「学校の感染対策は万全です」専門家たちは口をそろえて
空に押したスタンプみたいに飛ぶ鳥を見上げている間に夕暮れている

ガチャピンはずっと困り顔のまま踊り続けるテレビの中で

防寒着でバッグはパンパン延期した真冬の弓ヶ浜移動教室

シャボテン公園　震えつつ食べるサボテン味のソフトクリーム

次々に陽性者が出ても校長は「学級閉鎖はしません」という

グランマ・モーゼスの絵の中に雪降り積もり駆け回る犬

卒業式準備

国旗と区旗を壇上に掲げ紅白幕を順番に張る

マスクした顔しか知らない同僚と卒業式の準備進める

椅子の間隔は六十センチ百三十人分を並べる

金曜日も真っすぐ帰る飲み会の予定はほぼ二年無く

黄色いチューリップの花ことば検索する横で萎れてしまう

いつ春が始まったのかいつ冬が終わったのかを誰も言わない

担任が陽性になり十日間代わる代わるに授業進める

# Ⅲ

## 下校コース

入学して三日目までは色別の下校コースに分かれて帰る

お迎えの保護者は誰もが不安顔　会釈を返し子と手をつなぐ

今日は一日大人を休みたい　大の字になり空を見上げる

葉桜を見ながら花を描けと無理難題を課す二時間目

三階から叫ぶ声がする雨の日の休み時間は混沌として

「斎藤先生をしあわせにするのが目標」などと言われてグッときている

新人の育成なんて柄じゃない自分の声が尖るのを聞く

ヨシタケシンスケ展

まだ何かになれる気がする「ヨシタケシンスケ展」を観たあと
「りんごかもしれない」の原画は意外と小さくて通り過ぎてしまう

文学館中庭に面した席にひとりで食べる特製ナポリタン

クラブ後はプール機械の説明会四時半からは夕会もあり

タニタの身体に優しい煎餅が休憩時間にそっと置かれる

## 翡翠色のプール

翡翠色のプールの水は子どもらのバタ足に押され白く波打つ

日傘さし登校してくる六年女子は常に日焼けが気になるらしい

吉祥寺に賑わい戻り横道の焼き肉屋にも長い行列

文庫本読んでいるのは私だけ眠る人とスマホ見る人に挟まれ座る

硬い音に目をやれば居眠りをして携帯落とす午後の電車に

スノードーム両手で振りながら走るのはやめていつかつまずく

## 終業式

放送での終業式は三回目マスクをしたまま教室で礼をする

大掃除が楽しいという五年生激落ちくんで壁を磨いて

節電と熱中症と感染症　どれを優先すればいいのか

猛暑日になりそうな朝　睡蓮の鉢に冷たい水を継ぎ足す

海水をろ過して飲み水を作るすべ「冒険少年」で記憶しておく

息継ぎをする直前の苦しさを今も人との距離に感じる

## 胸ポケット

海よりも山が好きだと言う君の胸ポケットにヨットの刺繍

休校中にそっと作った梅ジュース炭酸で飲むこの夏季休暇

強く振った炭酸みたいにあふれ出す笑いを九月の空に飛ばして

有給をとった火曜日隣人の視線を避けてスーパーへ行く

九〇年代

女たちが潮騒みたいにささやいてやがて満ちてゆく夜の街

コスモスのひとむら見つけ立ち止まる人にゆっくり笑顔はひらく

九〇年代が懐メロだなんて　徳永英明の「壊れかけのＲａｄｉｏ」

お辞儀のできないオジギソウは他の種の二倍食べられやすい

やっと言えた「さびしい」のことばがどれほどあなたを喜ばせたろう

四四二年振りの皆既月蝕　次は三二二年後

左肩が外れそうな重い痛みが続くもう二か月も

## 冬の道

肩幅に踏み固められた草の道その先にひらく薄青い海

思い切りはめ外しながらお互いを笑いあっている冬の道

空にも後悔があるのだろうか降ったり止んだりまた照らしたり

鈍感がうらやましくて遠回しに皮肉など言う新人さんに

「ほむほむのふむふむ」

正月の深夜ラジオに聞いている「ほむほむのふむふむ」短歌の話

ジョウモンは串焼きの店吉祥寺公園口から歩いて五分

切り取り線に似た白線がどこまでも真っすぐ続く海沿いの道

枕の痕を午後まで頬に残した日失うことをあきらめていく

この街からユニクロもツタヤも無くなって購買意欲いよいよ落ちる

青春は密だというが小学生はもっと密なり絡まりあって

『ざんねんないきもの事典』

『ざんねんないきもの事典』めくりながら残念そうな表情になる

幽霊が見えるという子が指をさす真冬のプールのフェンスあたりを

三年ぶりに対面でやる「六年生を送る会」は三部制にて
見えないが空気が揺らぐ立ち上がり近づいてくる優しい気配
向かい合わせの座席に靴を脱ぎそろえ正座している二人の老婆

## は行

破滅　廃人　破綻に廃墟　は行に多い禍々しさよ

呼びかけと歌の時だけマスクする　混乱の中練習続く

壇上で証書を渡す介助役おおせつかってからの緊張

ひとりひとりの顔をしっかり見ていよう証書受け取る卒業生の

がん保険解約してから健康に関心を持ち血圧計買う

夜桜は三年ぶりでほろ酔いの花見の客とすれ違いゆく

「芸術は長く人生は短い」坂本龍一旅立っていく

葉桜の看板前に長い列マスク手に持ち順番を待つ

一年生のネクタイ、リボン直すとき写真屋さんの「チーズ」が響く

暗証番号

心のやわらかなところを刺激するサンドウィッチマンの病院ラジオ

驟雨のように咲き誇る蔓バラを一枝選びキッチンに挿す

白たんぽぽ庭から消えて定番のモチーフひとつ失う五月

二年生より早く帰れる日もありて講師としての立場を思う

午後早い時間に門を出る時は暗証番号の四桁回す

## 山猫軒

阿佐ヶ谷の山猫軒に四年ぶりフランス料理のメニューを開く

話しても話したりない解散の後にラインの音鳴りやまず

紙のバネひとつ作っては嬉しくて見せに来る子に囲まれている

びっくり箱の中身を何にしようかと鉛筆握り考えている

優しい雨のような人だった　降り出したことさえ気づかないまま

予算の無い花火大会みたいにあっさり終わる打ち明け話

キウイの蔓がどんどん伸びていき青空の端をつかもうとする

コンセント

どこへも行かないと決めた夏休み水干絵具をひたすら溶かす

元の色が何だったかも分からずに塗り重ねていく水干絵具を

コンセント引き抜くように何もかも終わりにしたいと願った日のあり

寂しいと嬉しいが同時にやってきて泣きたくなるような夕焼け

名前さえ覚えていない恋人の関節の目立つ荒れた指さき

大玉の西瓜ひとつを手押し車に入れてもらってほほ笑む老女

自由帳何を描いてもいいけれど誰にも見せない絵など隠して

度の強いメガネ

度の強いメガネをかけて見るような世界を今日も手探りで行く

としまえんのメリーゴーランドに乗りに大人になっても通った秋の日

結び目をほどく最中にややこしい話はやめて集中できない

キッチンの戸棚の奥にまだ残る母の梅干し少ししょっぱい

ゼロになどならないいじめ許さない覚悟を常に問われる教室

# 辛辣なスクールカーストを見て見ぬふりの担任教師

## 鍵盤の余韻

深夜のスーパー店員が不機嫌に空の段ボール蹴とばしている

「月を見る心が上を向く」何気ないマックのコマーシャルにほっと息つき

エレファントカシマシの月の歌しみじみと聴く夜明けのラジオ

「新聞紙と仲よくしよう」かぶったり丸めて投げたりみんなで遊ぶ

「素敵な小物入れ」は素敵なことが条件だからよく考えて

今年初めてのおでん五種盛り三人で分けるいつもの居酒屋

二人組になれなかったら余った誰かと組む二人組

鍵盤の余韻のような声で言う別れの言葉がリフレインする

## グラデーションの気分

ゼロでも百でもないグラデーションの気分で話す初めての場所

月に一度の全校朝会始まってちっとも並べない遅刻組

教室に入れない子が長廊下を何往復もする五時間目

感情には匂いがあるということをあの日のモモ《猫》が教えてくれた

甘く冷たい花の香りがかたまった負の感情を溶かしてくれる

## 体調不良

ささやかな体調不良にいち早く気づいてくれる人のいること

夕暮れの防災無線が行方不明の老人たちの情報広める

小盛ご飯六食パックを西友で毎日曜に買ってくる兄

週に一度兄の住処を掃除するシーツ取り換え床をみがいて

日雇いの警備員なり明日行く現場の行き方地図で調べて

「地震ごっこ」

「地震ごっこ」を責めてはいけないそうすることで受け止めている

テレビから「今すぐ逃げて」と叫ぶ声　大津波警報解除するまで

東日本大震災が起きた夜ひとりで泊まった用務員室

校庭でしゃがんで並び親を待つゆっさゆっさと揺れていた木々

高円寺の駅方面へ子どもらを送る途中で液状化を見る

あの日から十三年が経った今も校舎の壁に残るひび割れ

## 初場所

辛の字に一を足したら幸になる　前向きになんてならなくていい

大根の輪切りの月を従えて足早に帰る冬の舗道を

升席の仕切りパイプに紐づいた栓抜きで開ける中瓶ビール

手土産の箱に描かれた力士像初場所十日目満員御礼

まだ髷も結えない新入幕は負け方さえも初々しくて

## 月曜バッグ

月曜バッグに体操着、上履き入れて前のめりで来る月曜日

二年生がくれた折り紙何回も折りなおしたらしいバラの花びら

先生を「おまえ」呼ばわりする少年　大人にだって人権はある

そろばんや物差しなどを取りに来る担任と少し世間話を

昔遊びのけん玉、カルタのすぐ横に図工教材を重ねて仕舞う

中休み教材室に来る人が用事のついでに愚痴を吐き出す

新人が三人辞める職場では自分を守るしかない空気

親指の爪であごを傷つけた鏡に映る不機嫌なわたし

春の街角

ああこれも桜樹だった　薄桃のヴェールがおおう春の街角

花吹雪が青い車両に描かれて春の電車がホームに入る

花束が去る人の数用意され別れの言葉と一緒に渡す

ＱＲコードが読み取れなくて押しボタンで店員を呼ぶ春の居酒屋

「月曜バッグみたいな色ですか？」そうね自然界にはない緑色

# あとがき

『図画室』『四月一日。』に続く第三歌集。「月曜バッグ」とは、小学生が体操着や上履き、図書の本などを入れて月曜日に持ってくるバッグのことだ。ナイロン製で軽く容量が大きいのでとても便利だ。

学生の頃から日本画を描いている。完成した絵を展示したとき、見る人がどのように感じるかは聞かなければ分からない。短歌は雑誌に掲載されたとき、読み手が何を感じどう解釈するか自由だ。歌会での評を聞いて初めて客観的に自分の歌が分かることも多い。詠み手の想いとはかけ離れた解釈もある。絵と短歌は作る人と見る（読む）人との交流がなければ成り立たない。そこが似ている。どちらにも楽しさともどかしさを抱えながら続けている。

『月曜バッグ』では母との死別、コロナ禍、仕事の歌をほぼ編年体で並べている。七年分の歌を読み返した時、忘れていた社会情勢や身の回りに起きた変化を改めて思い返すことができた。自分にとっては激動の七年だった。

音短歌会の皆様には歌会など日頃から支えていただき感謝している。六花書林の宇田川寛之さんには第二歌集に引き続き細かいところまで相談に乗っていただいた。

日々の思いや願いを短歌にすることで、今日まで何とか生き延びることができている。短歌が生きる意味を深めてくれる。これからも歌を詠むことを通して自分と本気で向き合っていきたい。

二〇二四年六月

斎藤千代

## 著者略歴

1997年　音短歌会入会
2007年　音賞受賞
　　　　第１歌集『図画室』刊行
2017年　第２歌集『四月一日。』刊行

現住所　〒359-1111　埼玉県所沢市緑町２－18－10

**月曜バッグ**

（音叢書）

2024年 9 月 1 日 初版発行

著　者——斎 藤 千 代

発行者——宇田川寛之

発行所——六花書林

〒170-0005

東京都豊島区南大塚 3 - 24 - 10 マリノホームズ1A

電 話 03-5949-6307

FAX 03-6912-7595

発売———開発社

〒103-0023

東京都中央区日本橋本町 1 - 4 - 9 フォーラム日本橋 8 階

電 話 03-5205-0211

FAX 03-5205-2516

印刷———相良整版印刷

製本———武蔵製本



定価はカバーに表示してあります

ISBN978-4-910181-71-4 C0092